蔬菜頌歌

文·窗道雄　圖·齊藤恭久　譯·米雅

生為小黃瓜，
小黃瓜很開心吧！

一身涼爽的
綠色衣，
別著那麼多
晶晶亮亮的
小珠珠。

生為洋蔥，
洋蔥很開心吧！

所有的衣服
全～部穿起來，
圓圓滾滾
圓滾滾。

生為櫻桃蘿蔔，
櫻桃蘿蔔很開心吧！

紅通通、
圓滾滾，
好可愛。
還露著一條
小尾巴！

生為玉米，
玉米很開心吧！

變成口琴
自己吹呀吹。
吹著
亮晶晶、黃澄澄的
秋天之歌！

生為菠菜，
菠菜很開心吧！

嫩嫩的葉子
又多又蓬
變成一大把，
從美麗的粉紅色腳跟
往上長啊、往上長……

哇ㄨㄚ 啊ㄚ ！這ㄓㄜˋ 麼ㄇㄜ 多ㄉㄨㄛ ！
全ㄑㄩㄢˊ ～ 都ㄉㄡ 是ㄕˋ 蔬ㄕㄨ 菜ㄘㄞˋ 呢ㄋㄜ ！

生為馬鈴薯，
馬鈴薯很開心吧！

身上坑坑洞洞的小寶貝，
全身光溜溜，
看看那邊 ，笑一個，
看看這邊 ，笑一個。

生為青豆，
青豆很開心吧！

成群的兄弟
在搖籃裡，
圓滾滾、胖乎乎的
一起長大。
想去外面的世界
闖一闖了，是吧？

大象詩人窗道雄

文／米雅

2017 年 2 月新北市圖有一場講座，由我和全球發行量超過 1000 萬冊的「14 隻老鼠」系列創作者岩村和朗先生進行繪本對談。為了讓他談談創作「小猴子丹丹」系列繪本的初衷，我唱了一首窗道雄先生創作的日本童謠〈猴子畫了一條船〉，我的歌還沒唱完，岩村先生已經高興的在會場上起舞。

講座後和工作人員餐敘時，他問我是否知道窗道雄作詞的其他童謠。我說得出來的，他一首一首的唱，最後一群人還各用中文、日文合唱了最著名的童謠〈大象〉。本來我以為岩村先生唱歌只是為了用餐助興，他竟然很認真的說：「多半的人只知道『大象』的第一段歌詞，你會唱第二段嗎？」留學時代專攻窗道雄文學世界的我，當然陪他把整首唱完。

他紅著眼眶，感性的說：「現在唱第二段就會不知不覺的想哭。」那突如其來的情感表達太具「傳染力」了！窗道雄的童謠〈大象〉第二段的歌詞是這樣的：

象啊、象啊，你喜歡誰？
這個嘛，
我喜歡的人就是媽媽啊！

一首〈大象〉的童謠，讓岩村和朗這位日本國寶級插畫大師，瞬間變成思念母親懷抱的小男孩。我在大師自然流露的情感波動中，看見了詩與歌的巨大力量。是的，這就是第一位獲得「國際安徒生兒童文學獎」的日本作家窗道雄的詩的後座力。

象啊、象啊，你的鼻子好長呀！
是啊！
我媽媽的鼻子也這麼長唷！

不知道該如何形容 25 年前我初讀這首日文原詩時的震撼程度，它省略了一切，直指存在的命題：identity —— 接納、喜悅存在的本相。從這個立足點發展出來的窗道雄幾千首的詩，在日本人的精神宇宙裡，延展成一片星河，閃著恆久的光亮。

這一本《蔬菜頌歌》也是窗道雄 104 年人生中的瑰麗之作，延續了他的創作核心，任何一株蔬菜不拘其形狀、顏色或頰上的一抹光亮，都是令人敬畏的創造與存在。窗道雄清柔無比的筆觸搭配齊藤恭久寫實與點描法靈活交織的美麗圖畫，每一翻頁都是一趟驚喜與美好的旅程。

不過，這種驚喜不是躁鬧的，它帶著一種安靜、清新、閃著靈光的節奏，讓我們重新遇見蔬菜，好好的看看它們如何散發生之光芒。然後，當我們闔上書，我們不只被提點蔬菜原原本本的尊貴與美麗，我們會被驅動著去想起自己，單單純純的返照自己的生命處境。我是誰？如果一把菠菜或一根玉米都能活得如此豐足，那麼我呢？這本給幼兒讀的書，簡單、清新、安靜，卻無比銳利。

齊藤恭久不只畫了蔬菜，還在每一種蔬菜的周圍佈局，讓色系相近的昆蟲躍然紙上，蔬菜原原本本的靜和昆蟲隱藏不住的動碰撞在一起，互成一種和諧，巧妙的演奏著生命頌歌。如果只把這本書當作教導幼兒蔬菜名的命名書，那就低估孩子看完這本書說著：「好美啊！好美啊！」這句感想的深意了。這本經典之作，蘊含著打開孩子深邃感性的大大可能。

我翻譯著這本書，不斷想起在日本和窗道雄見過兩次面的往事。我們聊他從小學時期在台灣成長、結婚生子的那二十四年，聊他如何在戰爭末期被徵召入伍成為陸軍的船舶工兵，隨著日本軍出征、戰敗、回歸日本。

我們也聊他想念的蓮霧、欒樹、杏仁茶，還聊起了台北的植物園、馬路會燙人腳的台灣夏天、水牛的背和白頭翁的後腦勺。

想著他生前的這些事，突然覺得這塊土地上的人，和他有一種很特別的連結，而這種連結會因著我們讀到他簡簡單單訴說生命本質的詩而往更深的地方扎根嗎？也許蔬菜會告訴我們答案……

米雅

繪本插畫家、日文童書譯者。畢業於日本大阪教育大學，鑽研窗道雄的詩文學數年。編有《另一雙眼睛——窗道雄詩選》（信誼）。

作者介紹 **窗道雄**

本名石田道雄，1909 年出生於日本山口縣。十歲時移居台灣。25 歲時向雜誌社投稿童詩，獲日本著名詩人北原白秋的青睞，自此展開詩人之路。二次世界大戰後，返回日本仍創作不輟，詩作受到廣泛喜愛。1947 年創作的〈大象〉一詩，被改編成童謠，是台灣最熟悉的窗道雄的作品。1981 年獲巖谷小波文藝獎、1986 獲小學館文學獎。作品《動物們》，由日皇后美智子親手英譯，在日本與美國同步出版。1994 年獲兒童文學界最大獎——國際安徒生兒童文學獎。於 2014 年以高齡 104 歲辭世。

繪者介紹 **齊藤恭久**

日本插畫家，1937 年出生。畫作以描繪蔬菜、水果等自然物產見長。繪有《水果》、《哈密瓜的繪本》、《馬鈴薯的繪本》等圖畫書。

詩歌與圖畫的協奏曲

活著

詩／谷川俊太郎　圖／岡本義朗

活著，就是一首詩！日本文學大師谷川俊太郎最膾炙人口的詩作，化身為精采圖畫書，喚醒我們對生命的感受力，體會平凡生活中每一個「活著」的感動！

孩子們在等著

文圖／荒井良二

荒井良二回歸創作初心，生涯極致淬鍊之作。在日復一日的尋常等待中，感受生命中最微小、最純真、最貼近心靈的深深悸動。

今天的我可以去到任何地方

文圖／荒井良二

荒井良二獻給世界的生之頌歌。每一個生命，都是祝福；每一個當下，都值得慶賀，因為誕生在這世界上，就是祝福，就是值得。

步步出版

生為紅蘿蔔，
紅蘿蔔很開心吧！

一副剛泡完澡的模樣，
總是笑的，
滿臉好氣色。

生為茄子，
茄子很開心吧！

亮亮的臉頰
變成鏡子
照照天空，
還戴著頂帽子呢！

生為青椒，
青椒很開心吧！

從頭到腳
油綠、油綠，綠油油。
怎麼看都是
最閃亮的全新品！

蔬菜們

全～部、全部都很開心吧！

可以生為

自己最喜愛的模樣，

蔬菜們

正說著這句話吧：

「神啊！謝謝喔！」

在蔬菜周圍出沒的
昆蟲的名字

作者的話

作者／窗道雄

形形色色的萬物有幸活在這個地球上，我想，在這數不清的萬物中，能夠各自生為自己的模樣，大家應該都會為這一點感到幸福吧。每一位都感到幸福、驕傲，互相發揮獨一無二的個性而開心的活著。

就算是蔬菜，本質上應該和生物們沒什麼不同，只不過，它是人類從野生的草叢產出來當糧食用的。所以，身為人類的一員，我對蔬菜當然也有特別的想法。不過，這本書的對象讀者是幼兒，我就不在此發表什麼關於蔬菜的高論了，轉換一下，為孩子們寫下這首〈蔬菜頌歌〉。

繪者的話

繪者／齊藤恭久

我這個人，心情會因著事情的輕重而起伏，時而眉飛色舞，時而跌至谷底。當我得知這本繪本要再版的好消息，簡直開心到起舞的程度了。晚餐時，我興奮的向太太和女兒宣布這個天大的好消息。「不會吧？真的？太好了！不過，話說回來，人家窗道雄先生的詩本來就寫得好嘛！」太太和女兒互看了一眼，點頭同意彼此的想法。對耶！我怎麼能居功呢？應該更謹慎小心的說這是所有人共同努力的成果啊。我都立刻反省了，太太和女兒竟諷刺的對我說：「如果只是反省，就連猴子也會啊……」她們倆還笑了呢。是存心拿針來刺我這顆氣球，叫我不要太得意，是嗎？不管怎樣，我要說：「窗道雄先生還有編輯部的工作人員，實在太謝謝你們了！還有，BRAVO！蔬菜頌歌！」

譯者介紹

米雅

繪本插畫家、日文童書譯者。畢業於日本大阪教育大學，鑽研窗道雄的詩文學數年。

作品《在微笑的森林裡吹風》曾獲聯合報 2001 年度最佳童書，《你喜歡詩嗎？》入圍第四屆豐子愷圖畫書獎。

翻譯作品百餘本，包括：《香蕉爺爺香蕉奶奶》、《白貓黑貓》及「11 隻貓」、「蠟筆小黑」等系列。

更多訊息都在「米雅散步道」部落格及 FB 專頁。